XANTI

Die schwarzen Wölfe

© hör + lies Verlag, Berlin
℗ Heron Verlag, Berlin
Alle Rechte vorbehalten
Gesamtherstellung: Clausen & Bosse, Leck
Printed in Germany

Die schwarzen Wölfe

Eine Geschichte
von Monika Kronburger

Illustrationen:
Gerhard Hahn Produktion,
Berlin

Bongo Bärentatze geht seiner Lieblingsbeschäftigung nach, er zählt Honigtöpfe. »Siebenundvierzig, achtundvierzig, neunundvierzig«, hört man ihn murmeln.

Xanti, der kleine Fuchs, sieht ihm nachdenklich zu, dann fragt er: »Sag mal, Bongo, warum zählst du deine Honigtöpfe eigentlich jeden Tag?«

Erstaunt unterbricht der Bär das Zählen. »Dumme Frage«, brummt er, »natürlich, damit ich weiß, wie viele es sind. Schließlich kommen jeden Tag neue dazu. «

»Du könntest dir einmal aufschreiben, wie viele Töpfe du hast; die neuen schreibst du einfach immer dazu«, schlägt Xanti vor.

»Och nö«, Bongo winkt ab, »schreiben ist nicht meine starke Seite, ich zähle lieber. «

Auch Xantis Idee, er könne doch für ihn schreiben, gefällt dem Bären nicht.

»Mal du lieber und laß mich meine Honigtöpfe zählen«, grummelt er unfreundlich.

Beleidigt verläßt der kleine Fuchs die Vorratskammer und wendet sich seiner Malwand zu. »Neunundvierzig, fünfzig, einundfünfzig, achtundfünfzig…«, hört man Bongo wieder zählen.

»Zweiundfünfzig«, verbessert ihn der kleine Fuchs.

»Zweiundfünfzig, dreiundfünfzig, fünfundfünfzig, vierundfünfzig…«

Und wieder verbessert Xanti: »Vierundfünfzig, fünfundfünfzig…«

Nun wird Bongo wütend: »Ich weiß, wie man richtig zählt, aber bei dem Gequietsche, das du mit deinen Malsteinen machst, kann man ja keinen klaren Gedanken fassen.« Der kleine Fuchs läßt sich durch Bongos Schimpfen nicht aus der Ruhe bringen: »Das ist kein Gequietsche, sondern Kunst. Ich überlege, ob ich vielleicht Kunstmaler werde.«

»Tu lieber etwas Nützliches!« brummt Bongo. »Geschirr abwaschen zum Beispiel.«

Bevor Xanti antworten kann, ist die Stimme von Glöckchen, der kleinen Elfe, zu hören: »Hallo, Xanti, ich bin's!« Und schon kommt die Elfe in die Höhle geschwebt.

»Wie schön«, freut sich der Fuchs. »Schau mal, ich male gerade ein tolles Gemälde.« Stolz zeigt Xanti der Freundin sein Bild. Die kleine Elfe ist etwas verlegen: »Was soll das sein? Ich meine, es ist hübsch. Aber ein wenig merkwürdig, findest du nicht?«

»Merkwürdig?« Xanti schaut erstaunt. »Ja, aber er-
kennst du denn nicht, was ich gemalt habe?«

»Ist das Suppengrün?« fragt Glöckchen. Xanti
schüttelt den Kopf.

»Dann weiß ich es nicht.« Die Elfe ist ratlos.

»Das bist doch du!« Xanti kann überhaupt nicht be-
greifen, warum die Elfe das nicht sieht.

Glöckchen gefällt nun überhaupt nicht mehr, was
Xanti gemalt hat. Und je länger sie sich das Bild an-
schaut, umso empörter wird sie. Auch die Entschuldi-
gung des Freundes, daß er sie ja frei aus dem Gedächtnis
gemalt habe, läßt sie nicht gelten.

»Dann hast du eben ein ganz schlechtes Gedächtnis.
Du solltest dir mal ansehen, wie Ypso mich gemalt hat!
Staunen würdest du, jawohl!« bemerkt sie spitz.

Jetzt ist Xanti eifersüchtig. »Ypso hat dich gemalt?
So eine Unverschämtheit, so eine Gemeinheit!« Er hält
inne und überlegt: »Wo steckt er überhaupt?«

Ja, wo steckt der kleine weiße Wolf? Die Elfe weiß es auch nicht. »Ich habe ihn seit zwei Tagen nicht mehr gesehen«, erklärt sie.

»Das ist merkwürdig«, murmelt Xanti beunruhigt. »Komm, Glöckchen, wir suchen Ypso.«

Robur, die uralte Eiche, wundert sich. »Mir entgeht doch sonst nichts im Wunderwald«, überlegt er. »Aber wo Ypso gerade ist, weiß ich auch nicht, und daß er malt, ist mir auch neu.«

Nun, daß Robur alles sieht und weiß, ist richtig. Mit seinen 999 Jahren hat er vieles erlebt und gesehen. Und wenn er heute nicht viel sieht, so liegt das an dem schrecklichen Nebel, der langsam den ganzen Wunderwald einhüllt.

Dieser Nebel, er wird immer dichter. Man kann kaum noch den Fluß sehen. Und dort, am Flußufer, ist gerade lautes Knurren und Kreischen zu hören. Aha, Ypso und Rocko, der Rabe, sind's. Sie haben wohl Streit.

»Laß mich los, Ypso«, jammert der Rabe. »Hilfe, aua, loslassen! Uff, na endlich!«

»Das machst du nicht noch mal mit mir, Rocko«, warnt Ypso grollend.

Aber der Rabe weiß nicht, was er denn so Schlimmes getan haben soll. Er versucht, sein zerzaustes Federkleid wieder in Ordnung zu bringen, und fragt ängstlich: »Was hast du denn, Ypso?«

»Angegriffen hast du mich, jawohl. Und das lasse ich mir nicht gefallen, von niemandem!«

Der Rabe lacht verlegen: »Ich habe doch nur Spaß gemacht mit meinem Sturzflug.«

Aber Ypso wiederholt mit fester Stimme: »Ich lasse mich von niemandem angreifen, von keinem Vogel und auch nicht von einem ...«

»Häh? Von wem noch? Vor wem hast du denn Angst?« Rocko ist neugierig.

Mit einem tiefen Seufzer antwortet Ypso: »Ach, Rockolein, du hast ja keine Ahnung.«

Jetzt ist der Rabe verwirrt: »›Rockolein‹? Hörte ich da eben ›Rockolein‹? Erst beißt du mir fast einen Flügel ab, und jetzt bin ich ›Rockolein‹!«

Der kleine Wolf ist plötzlich sehr traurig.

»Am besten, du kümmerst dich nicht um mich. Verzeih, wenn ich dir weh getan habe.«

Nun versteht Rocko gar nichts mehr. Doch zum Glück fällt ihm ein, daß er ja eine Verabredung hat. »Oh, ich muß mich beeilen. Ich will mich mit Bongo treffen. Tschüs, Ypso.« Und schon ist er mit ein paar schnellen Flügelschlägen im Nebel verschwunden.

Robur schüttelt erstaunt seine riesige Krone: »So wie heute hab' ich Ypso noch nie erlebt«, grübelt er.

Und während die alte Eiche weiter über das Geschehen am Fluß nachdenkt, redet Susi Nimmersatt, die kleine Raupe, dem Maulwurf Schaufel Spreizfuß gut zu:

»Iß nur, Schaufelchen, iß nur! Du hast ja noch fast gar nichts probiert. Schmeckt's dir etwa nicht?«

Der Maulwurf kann vor Empörung kaum die Fliedercremetorte hinunterschlucken, die er im Mund hat. »Ich habe die Fliedercremetorte fast allein aufgegessen.«

»Das ist keine Fliedercremetorte, das ist eine Fliederblütensurprise«, berichtigt ihn Susi.

»Aha!« staunt Schaufel. »Du hast immer so komische Namen für deine Gerichte, warum eigentlich?«

»Och, weißt du, ich finde, es schmeckt alles besser, wenn es einen hübschen Namen hat.«

Schaufel nickt. So interessante Namen hätte er auch gern für seine Arbeit.

»Kein Problem«, sagt Susi, und flugs tauft sie Schaufels Gänge in »Erdröhrenlabyrinth« um, die Hügel in »Schaufels Buddelberge« und seine Schuhe in »geflochtenes Füßevergnügen«.

Und weil sich Schaufel seine Gänge und Hügel mit den neuen Namen gleich mal anschauen will, ruft er Susi »tschüs« zu und entschuldigt sich für ein Weilchen.

Inzwischen haben Xanti und Glöckchen den traurigen Ypso am Flußufer entdeckt. Gemeinsam überreden sie ihn, zum Kletterfelsen, einem ihrer Lieblingsspielplätze, mitzukommen.

»Wir sind da!« ruft Xanti nach einer kurzen Strecke. »Kommt schnell hinauf!« Und schon klettert er los. Glöckchen schwebt fröhlich auf ein paar Nebelschwaden empor, nur der kleine Wolf bummelt lustlos.

»Was ist los, Ypso?« wundert sich Xanti.

Der Wolf antwortet nicht. So sehr Xanti auch versucht, ihn zum Reden zu bringen, Ypso schweigt.

Inzwischen ist die Elfe auf dem Felsen gelandet. »Beeilt euch! Ich hab' etwas gefunden«, ruft sie Xanti und Ypso zu.

Als die zwei bei ihr sind, deutet Glöckchen auf etwas Buntes, das leicht hinter Zweigen verborgen ist.

»Seht nur, ein Bild, auf den Felsen gemalt. Wieso haben wir das noch nie gesehen?« überlegt sie laut. Xanti ist auch erstaunt, er geht näher zum Bild.

»Das hier soll wohl der Fluß und das unser Wunderwald sein«, stellt er fest. »Und da, mitten im Fluß, ist die Sandbank mit einem Pfeiler. Und das ist eine Brücke.«

»Ja, die Brücke beginnt im Wunderwald und endet im Land der schwarzen Wölfe«, fügt Ypso kaum hörbar hinzu.

»Auf der Brücke kämpfen zwei Wölfe, ein schwarzer und ein weißer«, bemerkt Xanti aufgeregt.

Kaum hat er diesen Satz ausgesprochen, schreit Ypso ihn wütend an: »Das stimmt nicht, da kämpft kein weißer Wolf. Weiße Wölfe kämpfen nicht!«

Schnell will er die Zeichnung wegwischen. Xanti hält ihm die Pfote fest. »Nicht doch«, sagt er energisch, »warum willst du das schöne Bild wegmachen?«

»Weil, weil«, stottert der Wolf, »weil... ach, laßt mich doch in Ruhe!«

Damit dreht er sich um und rennt davon. Xanti und Glöckchen schauen sich ratlos an.

Inzwischen ist Rocko bei Bongo in der Bärenhöhle und berichtet von Ypso. »Also, Bongo, wenn du weißt, was mit dem kleinen Wolf los ist, dann sag's mir.«

»Woher soll ich das wissen?« fragt der Bär. »Und jetzt laß mich in Ruhe, ich hab' zu tun, ich gehe.«

»Was heißt, du gehst?« krächzt der Rabe empört. »Hast du unsere ›Honigeßwette‹ vergessen?«

Bongo gähnt gelangweilt: »Es ist sowieso klar, daß ich den meisten Honig im ganzen Wunderwald esse.«

»Gut«, antwortet der Rabe listig, »beweise es.«

»Du willst dir nur den Bauch mit meinem guten Honig vollstopfen!« Bongo ist empört. »Kommt nicht in Frage.«

»Dann hast du die Wette verloren! Das erzähle ich jetzt überall.« Rocko will fortfliegen. Doch so etwas kann Bongo natürlich nicht zulassen. Notgedrungen stimmt er der Wette zu. Jeder bekommt einen Honigtopf, und auf ›Achtung, fertig, los!‹ beginnen beide zu schlecken.

Xanti und Glöckchen sind, nachdem Ypso fortgelaufen ist, zur weisen Eule Ula gegangen und berichten von Ypsos merkwürdigem Benehmen.

»Irgend etwas hat ihn erschreckt«, überlegt Ula.

Aber was? Das wissen weder Xanti, noch Glöckchen, noch Ula. Sie wissen ja nicht einmal, wer diese Zeichnung auf den Kletterfelsen gemalt hat.

Ula meint, es könnte sich um ein sehr altes Bild handeln. Und sie erzählt von einer Sage aus uralter Zeit, in der es eine Brücke gegeben haben soll, die vom Wunderwald rüber ins Land der schwarzen Wölfe reichte.

Xanti und Glöckchen erschauern bei Ulas Erzählung. »Ein Glück, daß es heute so eine Brücke nicht gibt! Womöglich käme dann ein schwarzer Wolf einfach zu uns herüberspaziert oder zwei, fünf, hundert, tausend!« Die kleine Elfe wird ganz blaß bei dieser Idee.

Aber Xanti beruhigt sie: »Keine Angst! So eine Brücke wird es nie geben!«

Trotzdem, allein der Gedanke an so eine Brücke beunruhigt Ula, Xanti und Glöckchen so sehr, daß sie auch Susi Nimmersatt davon erzählen.

Das hätten sie besser nicht tun sollen. Die kleine Raupe gerät vor Angst völlig aus der Fassung: »Entsetzlich! Grauenvoll!« stammelt sie und möchte am liebsten ohnmächtig werden. Ula hat alle Mühe, sie zu beruhigen.

In diesem Moment kommt Schaufel Spreizfuß von seinem Rundgang zurück. Er berichtet, Picus Stachel, der Igel, habe ihm erzählt, daß am Kletterfelsen eine geheimnisvolle Zeichnung sei. Die wäre höchstens drei oder vier Tage alt.

Xanti ist plötzlich sehr aufgeregt. »Was, nur drei oder vier Tage alt? Ich muß sofort noch einmal dorthin! Ich muß wissen, was da los ist!«

Was los ist, das wollen Glöckchen und Susi natürlich auch wissen. »Wir kommen mit«, rufen beide.

Doch Ula bestimmt streng: »Ihr bleibt hier, es könnte gefährlich werden. Ich werde Xanti begleiten.«

Susi ist darüber eigentlich ganz froh. »Na gut, dann bleiben wir eben hier. Ich werde uns inzwischen ein leckeres Süppchen kochen.«

Während Susi eifrig am Herd hantiert und Glöckchen ihr zuschaut, sind Xanti und Ula beim Kletterfelsen angekommen.

»Siehst du hier irgendwo Malsteine herumliegen?« fragt Xanti die Eule. »Es könnte ja wahr sein, daß das Bild gerade erst gemalt wurde.«

Ula glaubt das zwar nicht, trotzdem sucht sie und findet wirklich zwei Malsteine.

»Das Bild ist tatsächlich neu. Ich möchte zu gern wissen, wer es gemalt hat«, grübelt Xanti.

»Vielleicht Ypso«, schlägt Ula vor.

»Das ist möglich, die Idee ist gar nicht so abwegig. Ypso war so merkwürdig.« Und schon macht sich Xanti auf den Weg, um Ypso zu suchen. Doch so lange er auch sucht, er kann ihn nicht finden.

In seiner Not wendet sich Xanti an Robur.

»Robur, lieber Robur, du mußt den Wunderwaldalarm geben. Ypso ist verschwunden«, bittet er die Eiche.

Doch die schüttelt ärgerlich ihre mächtige Krone. »Wunderwaldalarm? Den gebe ich nur, wenn ich es für richtig halte.«

In diesem Moment saust Pusto durch den Wunderwald und bläst den Nebel für kurze Zeit zur Seite.

Und was Robur jetzt sieht, läßt ihn fast erstarren: Da ist eine Brücke, wirklich und wahrhaftig eine Brücke! Sie reicht vom Wunderwald bis ins Land der schwarzen Wölfe, genau so, wie es auf dem Bild am Kletterfelsen zu sehen war.

Die schwarzen Wölfe haben also im Schutze des Nebels eine Brücke gebaut. Robur reckt sich energisch. »Jetzt muß ich Alarm geben. Sofort! Ich muß die Wunderwaldbewohner warnen.«

Und schon beginnt er, mit seinen Ästen und Zweigen so laut zu knarren, daß alle erschreckt zusammenlaufen und sich unter ihm versammeln.

»Danke, Robur«, sagt Xanti, weil er glaubt, die Eiche habe seine Bitte erfüllt. »Siehst du, Ypso hat dich auch gehört. Da kommt er.«

»Sind alle da?« Ula beginnt zu zählen, während Bongo und Rocko stöhnen und jammern, daß es nicht zu überhören ist.

»Was soll dieses Gejammere?« will die Eule wissen.

»Weißt du es denn nicht? Die Ärmsten«, Susis Stimme klingt mitleidsvoll, »sie haben ein Honigwettessen gemacht, und nun ist ihnen schlecht.«

»Es gibt jetzt Wichtigeres als solche Dummheiten«, sagt Xanti energisch, und zu Ypso gewandt, fährt er fort: »Ypso, hast du das Bild am Kletterfelsen gemalt?«

Ärgerlich schaut Ypso seinen Freund an. »Hab' ich natürlich nicht«, antwortet er empört. »Warum fragst du so etwas?« Beruhigend legt Xanti dem Freund die Pfote auf die Schulter. »Ypso, erinnerst du dich noch, wie du zu uns gekommen bist?«

Der kleine Wolf schweigt. Doch dann bricht es aus ihm heraus: »Genau vor einem Jahr war es. Xanti, ich weiß, sie werden eine Brücke bauen. Sie werden kommen und mich holen.« Ypsos Stimme bebt vor Angst.

»Das schaffen sie nie! Bei meiner Maulwurfsehre!« ruft Schaufel entschlossen. »Ich werde...«

»Ruhe!« unterbricht ihn Xanti. »Wir dürfen keine Zeit verlieren, wir müssen sofort zum Fluß.«

»Oh, nein!« jammert Bongo. »Warum? Ich kann nicht. Mir ist so schlecht.«

»Das Felsenbild ist vielleicht eine Warnung«, fährt Xanti fort. »Die Brücke – der Pfeiler – die schwarzen Wölfe! Wir müssen das verhindern!«

Robur ist sehr erleichtert, daß nun alle zu der Stelle am Fluß hasten, wo vor einem Jahr Ypso aus dem Land der schwarzen Wölfe entkommen konnte und wo jetzt die Brücke ist. Er ist sich sicher, sie wurde nur gebaut, weil man Ypso zurückholen will.

Aber zum Glück sind die Wunderwaldbewohner ja gleich am Fluß. Ula und Rocko sind sogar schon da, weil sie geflogen sind. Dem Raben ist ein wenig unheimlich zumute: »Dieser eklige Nebel und dann auch noch Wolfsgeheul in der Ferne!« Er schüttelt sich.

Da ertönt plötzlich Xantis Stimme: »Hallo, Ula, Rocko, wo seid ihr?«

»Hier, hierher«, ruft die Eule laut, damit sich Xanti an ihrer Stimme orientieren kann.

In diesem Augenblick beginnt Pusto wieder, kräftig zu blasen, wieder teilt sich der Nebel. Und was sehen die entsetzten Wunderwaldbewohner?

»Ich hab's geahnt!« schreit Xanti, »eine Brücke! Die schwarzen Wölfe haben wirklich eine Brücke gebaut!«

»Ich werde ohnmächtig«, flüstert Susi, »bestimmt werde ich gleich ohnmächtig.«

Xanti kann es noch immer nicht fassen: »Wie auf der Zeichnung: Die Brücke – die Sandbank – der Pfeiler.«

»Sehr richtig, und mit diesem Pfeiler steht und fällt die ganze Brücke. « Ula nickt nachdenklich.

»Ja, ohne Stützpfeiler gibt es keine Brücke«, begreift auch Bongo. »Also, da gibt's nur eins: auf zur Sandbank! Der Pfeiler muß weg!« Schon will er loslaufen.

»Halt, ich will auch mit«, jammert Susi, »ich bin nicht so schnell. Bitte trag mich. «

»Ja, mich auch, Bongo«, bittet auch Schaufel.

Da nimmt der große Bongo seine kleinen Freunde auf den Arm. Sogar Glöckchen hat noch Platz. Dann stapft er eilig los, die anderen folgen ihm.

Auf der Sandbank angekommen, ruft Bongo: »Und jetzt los! Weg mit dem Pfeiler, dann stürzt die Brücke ein. «

»Wir schaffen es, jawohl!« ruft Susi Nimmersatt zuversichtlich. Alle stemmen sich gegen den Brückenpfeiler und versuchen, ihn mit lautem »Hauruck-Hauruck« umzuwerfen.

Aber leider, leider, so einfach geht das nicht.

»Zu fest! Dieser dumme Stützpfeiler ist zu tief in der Erde«, schimpft Bongo.

Doch nun kommt Schaufel Spreizfuß in Fahrt. »Wenn man ihn nicht umschmeißen kann, dann muß man ihn eben ausgraben«, verkündet er pfiffig.

Und mit »Uffda-Uffda« beginnt er zu buddeln, daß der Sand nur so durch die Luft fliegt.

Während die Wunderwaldbewohner mit dem Pfeiler beschäftigt sind, braut sich am Ende der Brücke Gefährliches zusammen: Die schwarzen Wölfe versammeln sich.

»O nein! Da sind sie!« Ypso sieht es zuerst. »Sie haben uns entdeckt. Ich muß auf die Brücke!«

Natürlich läßt Xanti seinen Freund nicht im Stich. »Ich komme mit«, sagt er bestimmt. Und beide klettern hinauf auf die Brücke.

Susi beginnt zu zittern. »Entsetzlich!« haucht sie. »Xanti und Ypso auf der Brücke. Und da! Oje, oje, da schleichen die schrecklichen Wölfe herum. Und wie sie heulen. Ich werde ohnmächtig!«

»Nein! Du kannst jetzt nicht ohnmächtig werden, Susi«, beschwört sie Glöckchen.

Bevor die kleine Raupe antworten kann, kreischt Rocko eine neue schlechte Nachricht: »Sie kommen!« krächzt er, »die schwarzen Wölfe kommen!«

»Und ich auch«, ruft Bongo und will hinauf auf die Brücke, um Ypso und Xanti zu helfen.

»Bleib unten, Bongo, hilf Schaufel«, bittet Xanti.

»Ypso«, warnt Ula, »paß auf, hinter dir, ein Wolf!«

Der kleine weiße Wolf dreht sich blitzschnell um und blickt geradewegs in die weit aufgerissenen Augen eines riesigen Wolfes. Ein paar Sekunden ist Ypso starr vor Schreck, dann duckt er sich. Der schwarze Wolf duckt sich ebenfalls.

»Vorsicht!« schreit Glöckchen, »er will dich angreifen.«

Der schwarze Wolf versucht, Xanti und Ypso zu beißen. Doch geschickt weichen die zwei ihm aus, drängen ihn weiter und weiter an den Rand der Brücke und... »Jawohl! Platsch! Bravo! Hinein ins Wasser!« johlen die Freunde unten auf der Sandbank.

Doch kaum ist diese Gefahr vorüber, naht schon die nächste. »Schon wieder ein Wolf!« warnt Bongo, »und noch einer. Greift sie an, los!«

Und Rocko, wild mit den Flügeln schlagend, rät: »Von hinten, Ypso! Pack ihn am Schwanz! Festhalten!«

Mit lautem Knurren und blitzenden Augen greift Ypso nach dem Wolfsschwanz und zieht so kräftig, daß das große Tier vor Schmerzen aufheult.

Aber auch Xanti ist nicht faul. Er hat sich den anderen Wolf vorgenommen und zerrt an dessen Rute. Die Wölfe beißen wild um sich, aber mit den Feinden im Rücken werden sie nicht fertig. Und bald, »schwupp« und »platsch«, landet auch der zweite Wolf im Wasser. Voller Angt reißt sich der dritte Wolf los und springt mit riesigen Sätzen zurück ans Ufer.

»Da rennt er! So ein Feigling!« Laut begleiten ihn die Schmährufe der Wunderwaldbewohner.

Ypsos Freude ist gedämpft. »Es werden noch viele kommen, vielleicht sogar der Königswolf, der stärkste von allen.« Ein leises Zittern geht durch sein Fell.

Xanti will ihn trösten: »Warte doch ab, Ypso, vielleicht kommt der Königswolf gar nicht. Wenn bloß der blöde Pfeiler bald umfallen würde!«

Ja, der Brückenpfeiler! Noch steht er fest und gerade auf der Sandbank, obwohl Schaufel wie besessen arbeitet. Der kleine Maulwurf hat sich tief in die Erde gewühlt, und außer seinem »Uffda-Uffda« und dem fliegenden Sand ist von ihm nichts zu hören und zu sehen. Bongo wirft sich ab und zu mit seiner ganzen Körperkraft gegen den Pfeiler. »Ich glaube, er wackelt, ja, er wackelt!« ruft er plötzlich glücklich.

Alle schauen neugierig zu Bongo, nur Ula nicht. Sie blickt starr zum Brückenende.

»Du meine Güte, das ist doch . . .« stammelt sie.

Jetzt sehen es auch die anderen. Entsetzt schreit Susi: »Hilfe, ein riesiger . . . oje, ist der groß!« Und Glöckchen flüstert: »Ein richtiges Ungeheuer!«

Ein riesiger Wolf betritt die Brücke: Es ist der Königswolf, vor dem sich Ypso so fürchtet. Langsam bewegt er sich auf die Brückenmitte zu.

Aber wie so oft, wenn eine große Gefahr naht, bleibt kaum Zeit, Angst zu haben. So sagt auch Ypso ruhig zu Xanti: »Spring runter, zu den anderen. Den Königswolf muß ich allein besiegen.«

»Nein, ich bleibe hier!« Xantis Stimme klingt energisch. »Mit diesem Riesenwolf lass' ich dich nicht allein.«

Bevor Ypso ihm erklären kann, warum er den Königswolf allein besiegen muß, springt das Untier mit einem Riesensatz auf ihn zu. Doch Ypso weicht geschickt aus, der Wolf schießt an ihm vorbei.

Von der Sandbank tönen erschreckte Wortfetzen herauf: »Diese riesigen Zähne!« »Diese Bestie!« »Unser armer Ypso!« »Sieh dich vor!«

»Ich komme rauf, allein schafft ihr es nicht!« ruft jetzt Bongo entschlossen und will am Pfeiler hochklettern.

»Nein, hilf Schaufel, der Pfeiler muß weg!« antwortet Xanti und wendet sich dem Königswolf zu.

Der hat Ypso schon wieder angegriffen, und diesmal ist es dem kleinen Wolf nicht gelungen auszuweichen: Das riesige Tier hat ihn zu Boden gerissen. Aber Ypso wehrt sich mit all seinen Kräften. Mit einem kräftigen Biß verletzt er den mächtigen Gegner an der Pfote, und jaulend läßt der Königswolf von ihm ab.

»Bravo!« schreit Susi entzückt, »beiß ihm auch in die andere Pfote! Los! Kräftig!«

Doch das ist nicht so einfach. Der Königswolf hat riesige Kräfte, und nur durch seine Schnelligkeit kann Ypso einem neuen Angriff entgehen.

Obwohl auf der Brücke wilde Kampflaute und von der Sandbank laute Anfeuerungsschreie zu hören sind, hört man trotzdem noch das »Uffda-Uffda« von Schaufel. Und dann, ganz plötzlich, schwankt die Brücke.

»Juchhu!« schreit Susi, »die Brücke wackelt!«

»Gleich ist es geschafft«, keucht Bongo und stemmt sich mit seiner ganzen Bärenkraft gegen den Pfeiler. Und mit Knirschen, Knistern und Krachen stürzt endlich die Brücke zusammen.

Über die berstenden Planken versucht der Königswolf, Ypso mit sich zu ziehen, hinüber zum Land der schwarzen Wölfe. Aber nun greift Xanti ein. Er hält den Freund so fest, wie er nur kann. Plötzlich stolpert der Riesenwolf, läßt Ypso los und stürzt mit einem schauerlichen Heulton ins Wasser.

Xanti und Ypso sind in letzter Sekunde auf die Sandbank gesprungen und hocken nun bei den anderen, glücklich, aber total erschöpft.

Ja, die Brücke gibt es nicht mehr! Als Susi das klar wird, beginnt sie zu jammern: »Ach herrje, müssen wir nun für immer auf dieser Sandbank bleiben?«

Aber nein, natürlich nicht. Xanti hat längst eine Idee. Er hat ein paar Holzbalken entdeckt. Die ergeben ein prima Floß. Und damit geht's zurück zum Wunderwald.

Später wollen alle noch einmal das Bild am Kletterfelsen sehen. Aber was für eine Überraschung erwartet sie: Das alte Bild ist weg! Ein neues ist gemalt! Auf ihm ist keine Brücke mehr, nur Holzbalken schwimmen im Wasser, aber alle Wunderwaldbewohner sind zu sehen: Ypso, Xanti, Bongo, Susi, Schaufel, Ula, Picus, Rocko. Moment, da fehlt doch jemand?

»Aber, aber... ich bin ja nicht drauf. Warum nicht? Wer hat das Bild eigentlich gemalt?« ruft Glöckchen ärgerlich und schaut in die Runde.

Alle schweigen, aber hinter den Büschen hört man leises Kichern.

»Ich hab's«, ruft Xanti, »die Trolle waren das! Sie wollten uns vor den schwarzen Wölfen warnen. Ja, Ypso, dann warst du es also wirklich nicht...«

»Natürlich nicht. Ich kann doch kein bißchen malen«, antwortet der weiße Wolf.

»Aha!« sagt Xanti und schaut Glöckchen strafend an.

Da gesteht die Elfe kleinlaut, daß Ypso noch nie ein Bild von ihr gemalt hätte. Das habe sie erfunden, weil sie sich auf Xantis Gemälde nicht schön genug fand.

»Und daß ich hier nicht drauf bin, ist sicher die Strafe, weil ich so eitel war.« Glöckchen guckt ein wenig traurig.

Wieder ertönt leises Trollkichern.

»Weißt du was?« tröstet Xanti, »ich male dich noch einmal, und zwar ganz schön. Aber vorher nehme ich etwas Malunterricht.«

»Ja«, lacht Ypso, »am besten bei den Trollen.«